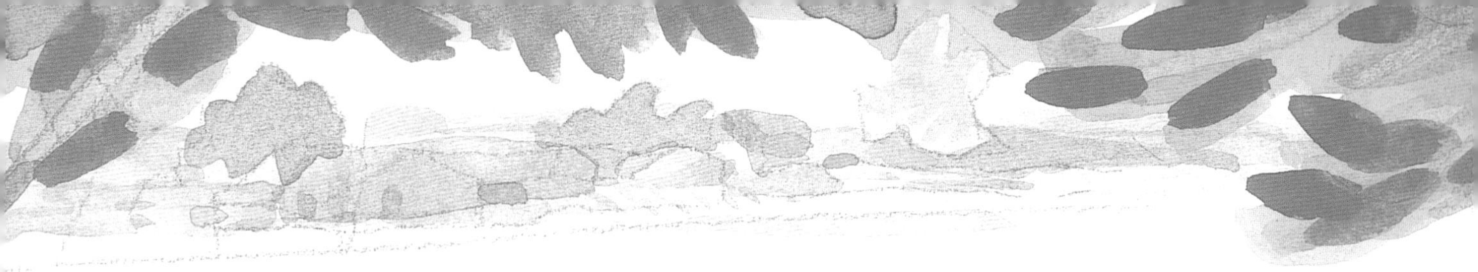

石頭的笑臉

馮輝岳◎著　曹俊彥◎圖

【作者的話】

尊重生命，疼惜地球

寫過幾本兒童散文之後，我告訴自己：「該嘗試寫點散文給幼兒看了。」於是我斷斷續續寫下這些篇章。只是，目前坊間的幼兒文學讀物，多是故事繪本或兒歌集，好像少有人寫過這樣的書。我真不知道這小小的散文，孩子喜不喜歡？

林文寶教授在《幼兒文學》一書中，依形式將幼兒文學區分為故事、圖畫、韻文、戲劇、散文等五大類。我想：我寫的算是散文形式的幼兒文學吧！

這二十一篇短文中，有三個「我」在裡面：

一個「我」，是幼年的我，愛玩水、玩沙、捏泥土。

一個「我」，是我六歲的小孫女，我常帶她出外散步，賞花、賞蝶、聽蟬鳴，看青蛙、看麻雀、看蝸牛……

另外一個「我」，不是一個小小孩，而是很多個，他們都念低年級，是我在鄉間的小學任教時遇見的小朋友，我在校園走著走著，常常被他們純真的笑聲吸引過去。書中的校園故事，都有他們的影子。

在我們生活的島上，野生的草木蟲魚已不多見，清澈的溪流、乾淨的土地和清新的空氣，也愈來愈少了。我憂心也著急。

我希望透過書中的「我」，能帶領孩子走出室外，親近大自然，發現大自然，讓他們純稚的心靈，感受大地的美好與和諧，進而更懂得尊重生命，疼惜地球。

作為一個兒童文學工作者，我能做的，似乎只有這樣了。

【繪者的話】

不一樣的圖畫書

這本書和只有一個故事的圖畫書不同，它是由一篇一篇獨立的散文構成的。而且，每一篇都在展開的雙頁中完成，所以讀者每次翻頁，就會接觸到一個新的標題與題材；有些以寫實的手法呈現意境，有些則藉由自然的啟發，營造出帶有童話趣味的想像。為體材多樣變化的書配圖，我不得不畫得很慢，因為每次拿起新的篇章，就得重新思考圖象表達的方法，常常是嘗試了好幾種構圖與技法，還是無法決定是否恰當。

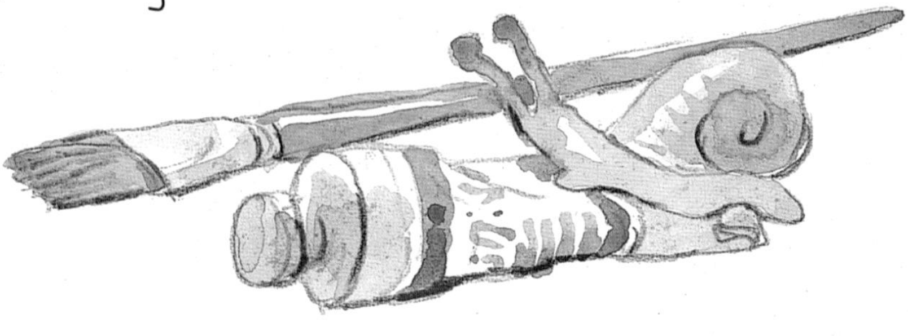

我不希望在一本書中，呈現太多不同畫風，而產生雜亂的感覺；但是又不想以不適當的畫風，減弱了文章

應有的氛圍，最好能在「統一調性」與「適切表達」之間取得平衡。

我愈畫愈慢，所以在寫「繪者的話」時，我畫了這幅畫具上的蝸牛的圖畫，聊以自嘲，並藉以向文字作者馮老師致歉，這本書真的畫了很久，感謝作者和編輯都默不作聲的耐心等候，等候蝸牛慢慢的爬完全程。希望這些畫能得到讀者的喜愛。

【給家長的話】

共讀幼兒散文

現今國小低年級的國語課文，除了韻文，多屬散文體的文章，可惜受限於主題、課文長度及生字量，加上官方的審查機制，最後的成品，往往無法充分展現文章趣味。本書作者曾參與教育部國語實驗教材、民間版國語新課程及九年一貫課程國語課本的編撰工作，前後將近十五年，深感低年級的孩子只讀課文是非常不夠的，必須多多閱讀文學讀物方可

彌補其不足。這也是促使本書作者寫作幼兒散文的動力。

幼兒散文不像童話充滿幻想與新奇，也不像詩歌可以朗朗上口。但幼兒生活本來就充滿趣味，幼兒散文是幼兒生活的反映，寫的是真實的人與物，孩子讀了以後會覺得親切、熟稔，而心生共鳴，並且嚮往圖文所營造的真的善的美的意境，不僅豐富了知識，也陶冶了情操。

因為這個階段的孩子，已經具備聆聽和了解語言的能力，所以書中的散文有寫景，也有狀物，但都簡單、淺顯，可讓孩子初步領略一點文學的美，並且在腦海留下快樂、美好的記憶。

這樣的繪本散文，適於親子共讀，爸爸或媽媽在孩子身邊輕聲念著，孩子一邊聆聽一邊走入畫裡，可以清楚了解文章的內涵；低年級的孩子更可以試著閱讀文字，感受短時間內讀畢一篇完整文章的喜悅。

親愛的爸爸媽媽，為了促進孩子語文的發展，請多讓孩子閱讀幼兒文學讀物！

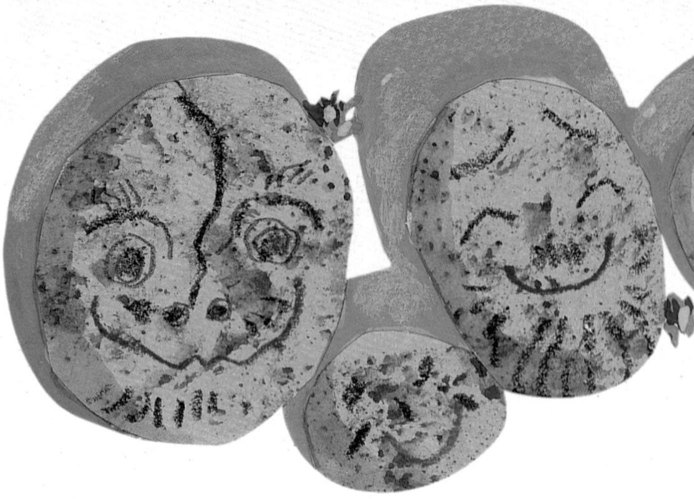

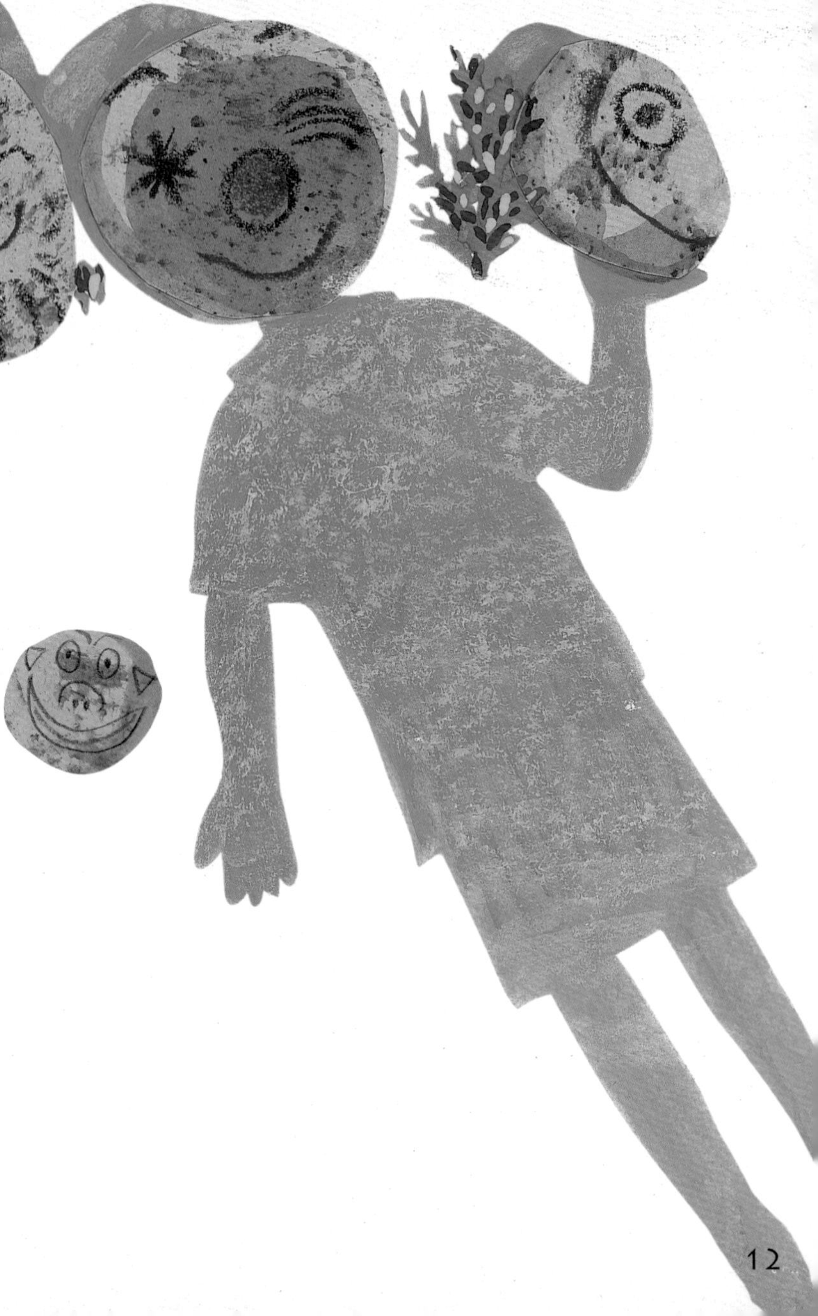

目錄

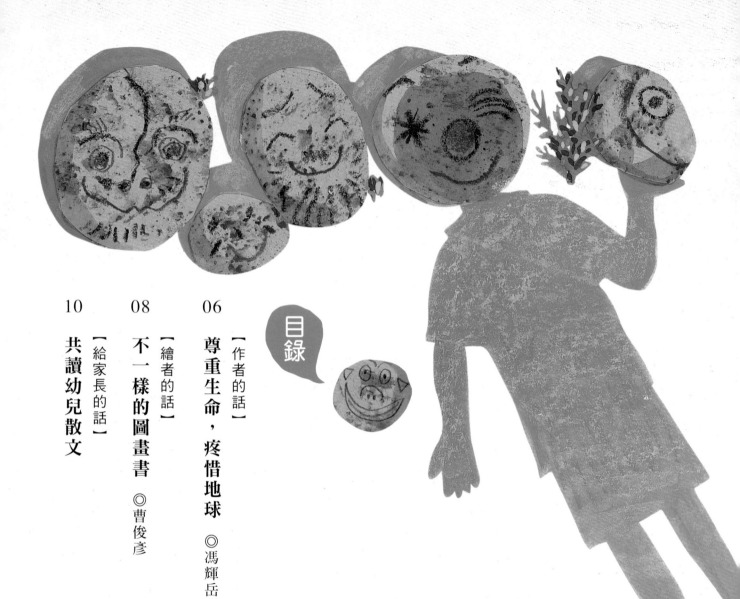

春姑娘好忙

春姑娘好忙好忙。

她忙著鋪地毯，這裡鋪一點，那裡鋪一點。這裡鋪了一小片，那裡鋪了一大片，綠油油的，真好看。

過了幾天，她又忙起來了。她忙著在地毯上繡花，這裡一朵，那裡一朵，有紅花，有黃花，也有白花。一、二、三、四、五、六、七……繡了好多好多的小花！

現在，春姑娘更忙了，

她忙著招呼小蝴蝶、小蜜蜂，忙著招呼大朋友、小朋友，她說：「你們都來呀！來草地上玩，來看花呀……」

春天來了，春姑娘比誰都忙。

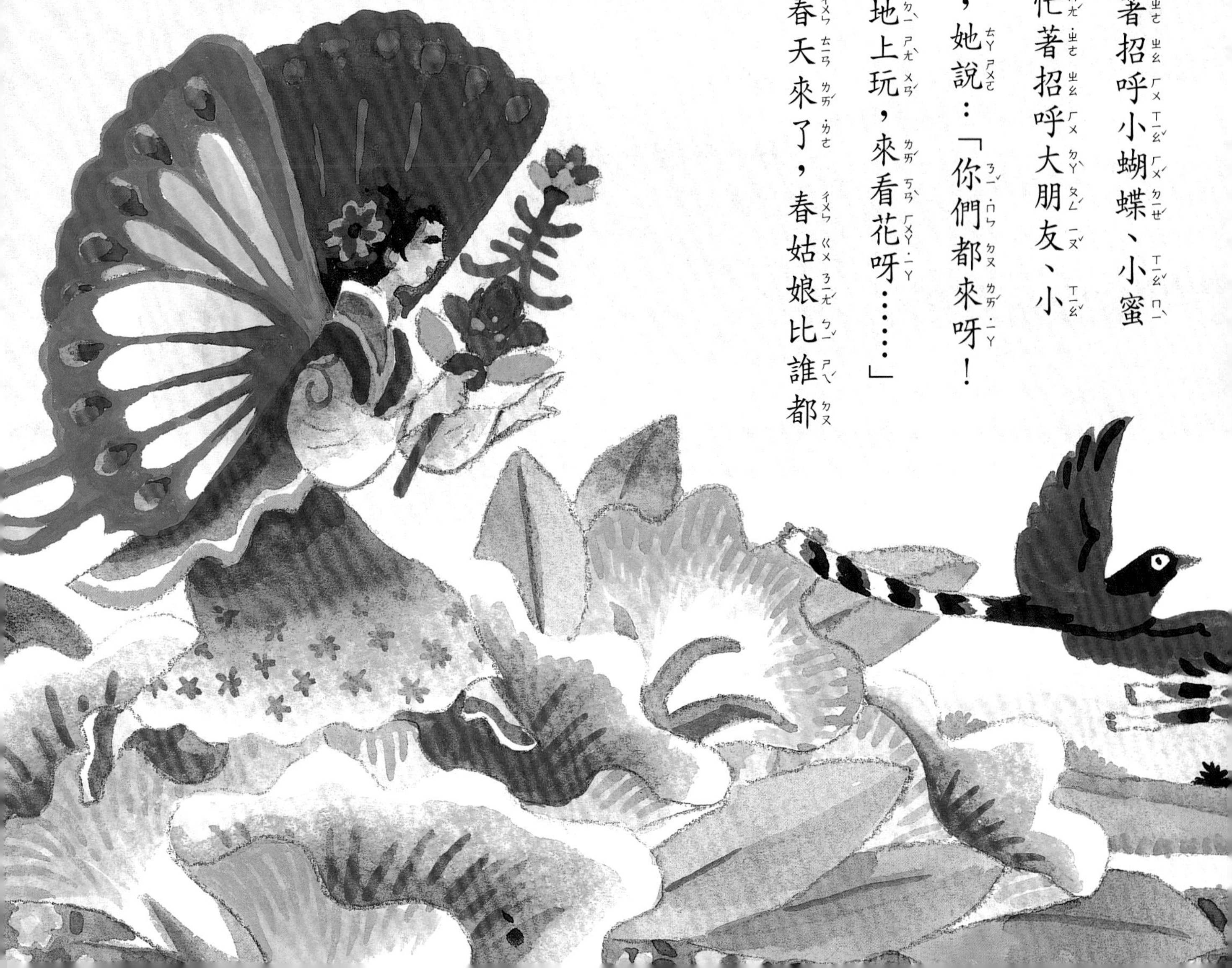

草地上

春天來了，小草長出來了，公園的草地上，好像鋪了一層綠色的地毯。

坐在草地上，風輕輕的吹，油桐樹上的小白花，一朵一朵飄落下來，把這片草地襯托得更美了。

一隻小蚱蜢在我面前跳哇跳，一下子就不見了蹤影；鳥兒也飛下來，一邊唧唧喳喳談天，一邊找東西吃；兩

隻小松鼠追來追去，一點都不怕人。

喔，鳥兒、小蚱蜢、小松鼠跟我一樣，都喜歡這片草地呢！

紫色的花房

路邊那棵樹長得不高，但是枝葉十分茂盛。

夏天的時候，紫色的花兒開了，小小的花朵，開在綠葉間，也開滿了樹梢，好像一座紫色的花房。

大蝴蝶、小蝴蝶、花蝴蝶、黑蝴蝶通通都來了，蜜蜂和小蟲兒也被吸引過來了。我喜歡站在一旁，看蝴蝶在花房上飛舞，牠們飛一飛，停在花上歇一歇，太陽那麼大，牠們也不怕，一直在花房上飛飛、停停，捨不得離開的樣子。我傻傻的看著，不懂牠們為什麼這樣。

有一天黃昏，蝴蝶、蜜蜂和小蟲兒都回家了，我站在樹下，晚風吹來，小紫花紛紛飄落，我伸手接了幾朵，把漏斗形的尖端含在口中，輕輕吸

吮，嘿，有甜甜的花汁，還帶著淡淡的清香哩！

我懂了，如果我是蝴蝶，也會捨不得離開這座花房的……

早晨的湖

風，微微的吹，在湖面掀起小小的浪。太陽剛剛升起，陽光斜撒過來，湖面好像綴滿了亮片，不停的閃哪閃，閃哪閃。

幾隻夜鷺在湖面上低低飛，雪白的翅膀輕輕揮動，飛過來又飛過去，偶爾身子貼近湖面，拍起一陣水花，馬上又飛起來。

兩隻小水鴨從那金色的浪裡游出來，沿堤岸並游著。我聽見牠們唧唧唧唧的說著悄悄話，真像一對親蜜的伴侶。

太陽爬高一些些，湖面更亮了，閃著閃著，把我的眼睛都快閃花了。

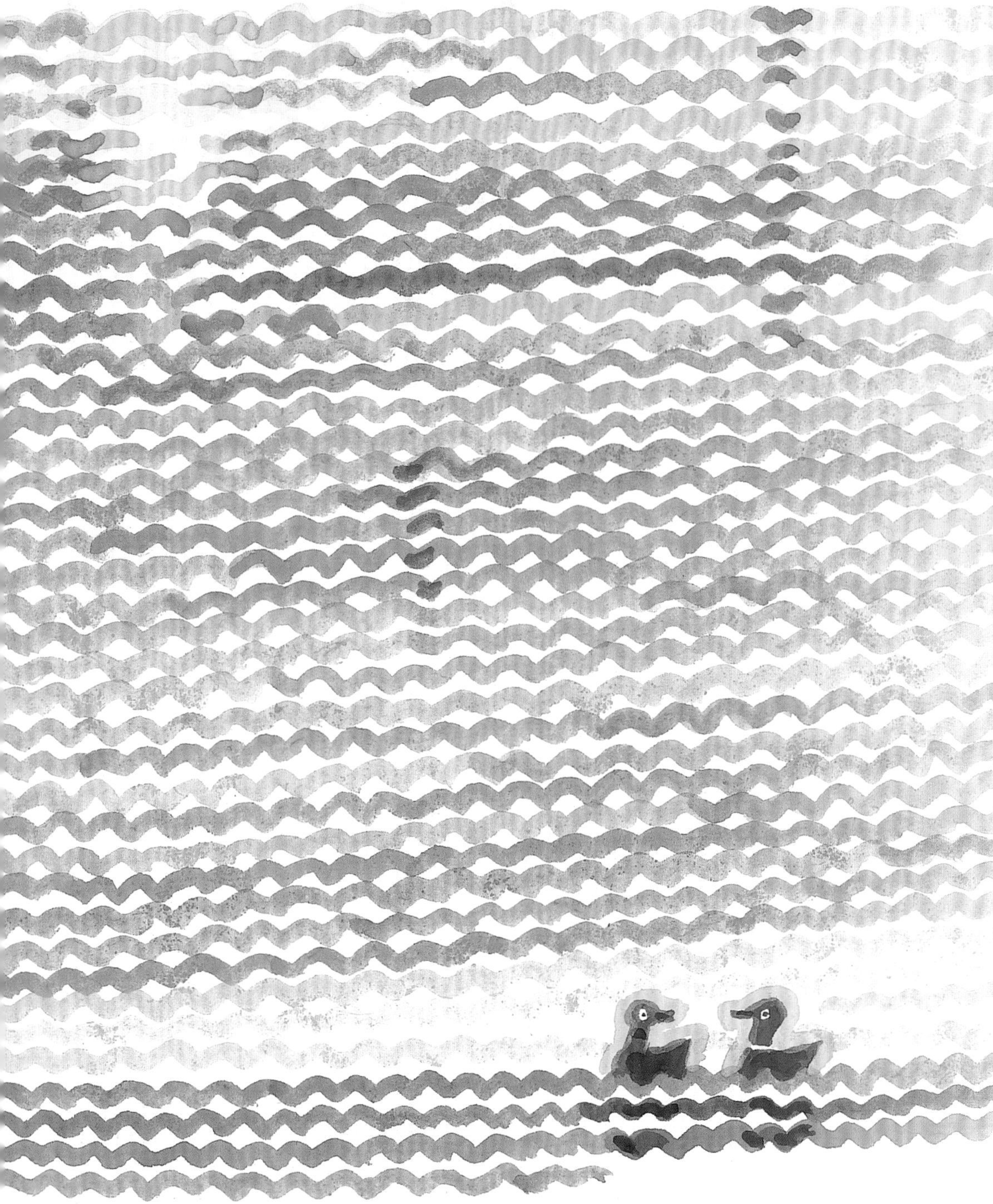

早晨的湖，因為風的吹拂、陽光的照耀和鳥兒的拜訪，看起來更美更熱鬧了。

小溪，早安！

小溪，早安！你的歌聲真好聽。眼看你的肚子就要乾癟了，昨晚那場雨下得好好喲！你汩汩汩的流著，汩汩汩的唱歌，來到低窪的溪谷，你唱得更大聲，還激起小小的浪花呢！小溪小溪小溪，你的快樂溶在歌聲裡，我聽得出。

小溪，早安！你夠勤勞的。日夜不停的流著，從遠遠的山澗，流到這裡，穿過水田，又流向遠方。

小溪呀！要是我有一支仙女的魔棒，我就化作一條小小船，跟著你流哇流，一邊聽你唱歌，一邊跟著你去旅行。

蝸牛慢慢爬

「哇！蝸牛，一隻、兩隻、三隻……」

雨停了，太陽又露臉了。我和阿公走在小路上，每隔不遠，就發現蝸牛停在路中央，有的靜止不動，有的慢慢的爬，大概想到對面找東西吃。

牠們走得這麼慢，下班時間快到了，等一下會有許多機車打這兒經過，我真替牠們著急。

「加油！加油！」

我跟每一隻蝸牛打氣。不過蝸牛好像聽不懂，還是慢慢的慢慢的爬。

阿公說：「我們來幫蝸牛吧！」

「好啊！」

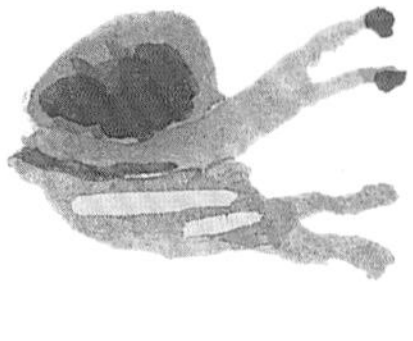

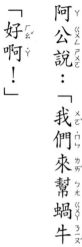

阿公抓起一隻大蝸牛，輕輕的放在路邊的草叢下，我也學阿公抓起一隻小蝸牛，牠立刻把頭和觸角縮進殼裡，小小的殼，上面有一圈圈的螺紋，一點都不可怕。就這樣，我們把路上的蝸牛，一隻隻「請」到路邊去。

從小路那頭走回來，路上沒有再發現一隻蝸牛，我放心多了。

蟬兒的歌廳

那幾棵老樹長得又高又大，四周爬滿了荊棘。好幾次，我想前去抱抱它們的樹幹，都被荊棘擋住了。

夏天的時候，我從附近走過，老樹那邊傳來響亮的蟬聲：

「唧漾！唧漾……」

「唧漾！唧漾……」

「……」

好像幾百隻蟬兒聚在那兒合唱，唱得好賣力呀！牠們在高高的樹梢，盡情的唱，唱給藍藍的天空聽，唱給緩緩飄過的白雲聽，唱給蟬姑娘聽……

那幾棵又高又大的老樹，夏天一到，就變成蟬兒的

大歌廳了。

小青蛙啵啵跳

田埂窄窄的，路邊長了許多雜草，草裡的小青蛙，一聽到我們的腳步聲，就慌張的跳進水田裡。

啵！啵！啵……

一隻一隻，好像在比賽跳遠的樣子。

阿公指著水面：「看見沒？」

啊！這一隻，那一隻，趴在水面上，骨碌碌的眸子盯著我看。我彎下身子，想讓牠們看個清楚，嘴裡小聲說：「別怕，別怕，我跟阿公是來散步的。」

我們繼續往前走，腳步輕輕的、輕輕的。

啵！啵！啵……

小青蛙們還是一樣，一隻一隻往田裡跳。

唉，牠們的膽子這麼小，叫我怎麼好呢？

麻雀唧唧喳

阿公種的稻子快熟了，一串一串垂下來，遠遠看去，一片金黃。

我跟阿公在田埂上走著，防風林上頭的麻雀跳上跳下，唧唧喳喳說個不停。牠們說些什麼？我停下腳步，

仔細聽：唧唧喳！唧唧喳……

有的好像說：「吃穀子啊！吃穀子啊！」

有的好像說：「捉蟲子啊！捉蟲子啊！」

有的好像說：「農夫來啦！農夫來啦！」

阿公把帶來的兩個稻草人，插在田中央。

我們沿著田埂走，很遠了，我回頭望，發現幾隻麻雀從樹上飛進田裡。

「阿公，有幾隻麻雀飛下來了，牠們不怕稻草人哪！」

「呵呵！今年的稻子長得好，分一些給麻雀吃，沒關係的……」

阿公沒有回頭看，一邊說一邊牽起我的手，慢慢的走回家。

秋天來了我知道

楓葉穿上紅衣裳，風一吹，輕輕飄，輕輕飄。

小松鼠忙進忙出，把好吃的果子，一顆一顆搬回家。

小燕子啾啾唧唧，飛呀飛，牠們要到很遠的南方去。

我對媽媽說：「一定是秋天來了。」

媽媽笑著問我：「你怎麼知道的？」

我說：「楓葉、小松鼠、小燕子，都這麼說啊！」

衣服跳舞

早晨，我到陽臺把媽媽洗好的衣服，晾在晒衣杆上。

風來了，衣服們最高興了，風老師要教它們跳舞哪！

風輕輕吹，爸爸的黑長褲輕輕搖，媽媽的花襯衫輕輕搖，我的紅短裙也輕輕搖……它

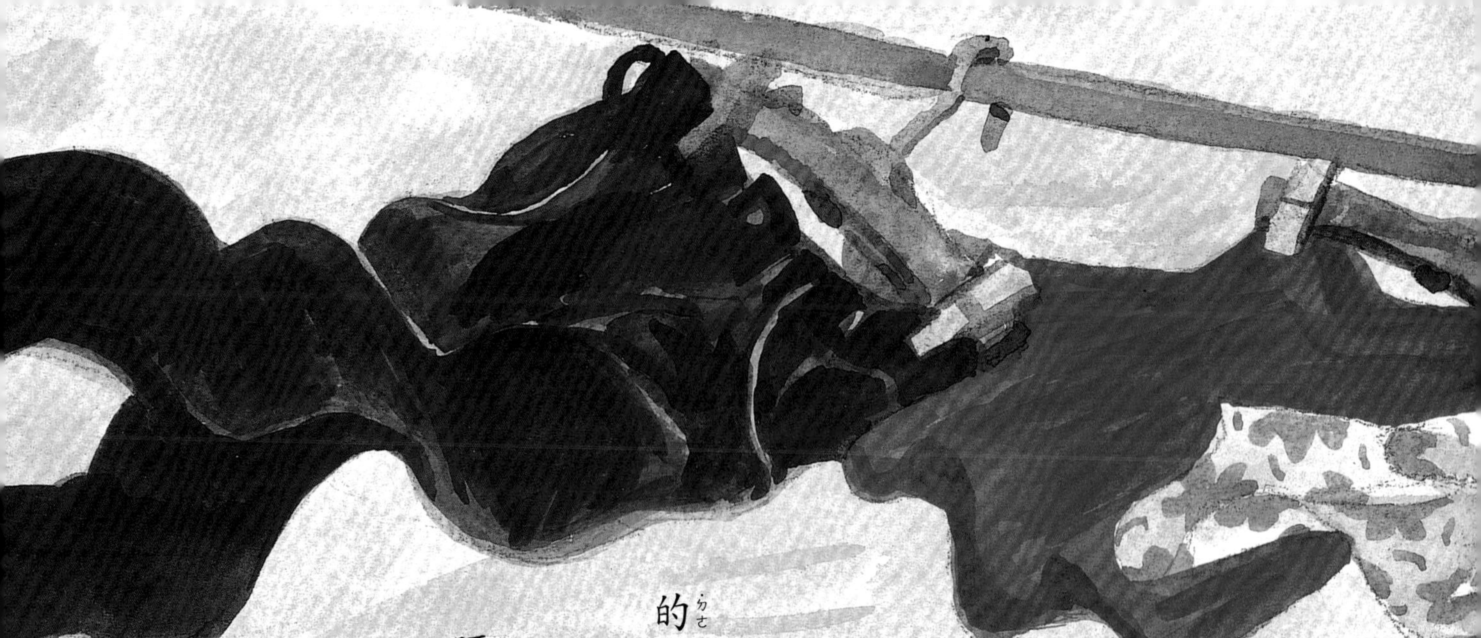

們在陽光下搖著、舞著。

下午，我上陽臺一看，風老師正在教「呼呼舞」。

呼——

呼——

衣服們搖呀擺呀扭呀！盡情的舞著。

啊！黑長褲的一個褲管繞在晒衣杆上了……

哈哈！累了吧？跳得過癮吧？

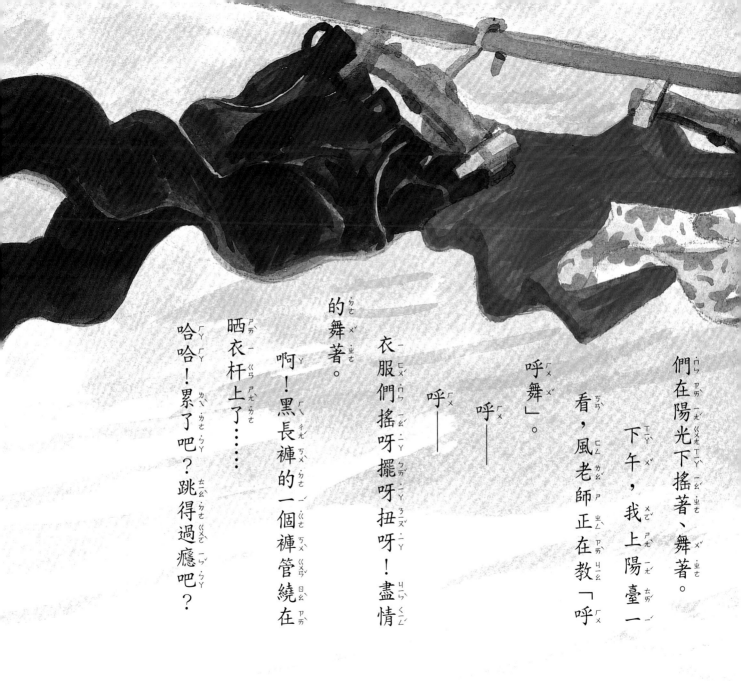

掃落葉

教室旁邊的空地，昨天晚上飄下來許多落葉。

打掃的時間到了，我們拿著掃帚，在茄苳樹下努力的掃著。這裡堆一堆，那裡堆一堆，一會兒，就把落葉掃淨了。

我掏出手巾擦汗的時候，忽然起了一陣風。巴答！我的面前落下一片葉子。巴答！又落下一片。巴答！巴答……

「掃好了嗎？」老師推開窗子探頭問。

「剛掃好，又……」

我們揮著掃帚，努力的掃哇掃。風不止，樹上的葉子不停的飄落，巴答！巴答……

唉呀！葉子，葉子，你們約好

秋天下來的嗎？

石頭的笑臉

教室旁邊的相思樹下，擺著大大小小的石頭，有的圓，有的扁。我們最愛在那兒玩扮家家，也喜歡在石頭

上跳來跳去，它們真好，一動也不動的讓我們玩。這些石頭不但是我們的玩具，也是我們的好朋友。

今天下午，老師帶我們到相思樹下，教我們用小石塊替每個石頭畫臉。我分到一個又圓又扁的石頭，我細心的替它畫上眼睛、鼻子，再加上一個像上弦月的嘴巴。

鐘聲響了，我站起來，看看前後左右，哇！每個石頭都露出了笑臉。

放學的時候，我們從相思樹旁經過，老師指著樹下說：

「你們看，石頭對著你們笑哪！」

楓林小徑

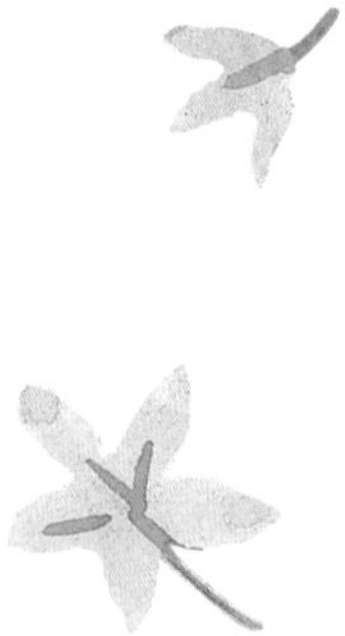

禮堂旁邊有一條步道，叫做「楓林小徑」，聽說是一位愛寫詩的老師給它取的名字。

步道兩旁種著楓樹和槭樹。這些樹長得不高，有的枝葉向中間伸展，陽光從手掌形的葉子間撒下來，我常常踩著光點、踩著婆娑的樹影到禮堂去，心裡覺得特別愉快。

楓樹和槭樹長得很像，又有一些不一樣，最明顯的是，它們的葉子——楓葉三瓣，槭葉五瓣。當初把這兩種樹種在一塊，也許是想讓大家分辨吧？

老師們都喜歡帶大家到那兒畫畫。我想，在老師們的眼中，「楓林小徑」一定很美。

蜥蜴大爺

一隻蜥蜴趴在樹幹上，牠，靜靜的看著我，一動也不動。

「請讓開，本大爺要到地面晒太陽。」牠的眼神好像這樣告訴我。

我偏不走，也靜靜的看牠。喔，今天若不是我眼尖，也不會注意到牠在那兒。因為牠的膚色跟樹皮實在太像了。

大大的頭，長長的尾巴，高高的背脊，體側的黃斑像兩條緞帶。嘿！蜥蜴大爺，你憨憨的樣子，不僅可愛，還有點漂亮呢！

我往前挪一小步，牠對我點點頭，我想起書上說的：「這是表示不歡迎的意思。」我趕緊退後。

噹！噹！噹……上課鐘響了，我掉頭往教室的方向走。

我們的祕密

我們在操場後面的草坪遊戲時，遇見了小白，不，是牠聽到我們的聲音，從涵洞鑽出來的，牠好像要跟我們玩，在我們身邊鑽來鑽去，圓滾滾的身子，又白又軟的毛髮，誰見了都會想抱一下。

每天午餐後，我們都來看牠，順便帶些飯菜給牠吃，然後逗牠，跑給牠追，再輪流抱抱牠。牠乖巧的躺在我們懷裡，真像一個乖寶寶。

我們養了一隻小狗。這是一個祕密，我們不告訴別人。

每天中午，我們都跟小白在一起。這是我們——小芬、阿琴和我的快樂時光。

雲的話

別再把我比做可憐的流浪漢了，也別再說我是沒有家的孩子了。我怎會沒有家呢？遼闊的天空就是我的家，天有多寬，我的家就有多大。

我喜歡旅行。駕著白色的帆船，在天空的海洋裡飄蕩，飄飄飄，飄過寧靜的村莊，飄過熱鬧的城市，飄過重重的高山，飄過茫茫的大海。多麼自由，多麼消遙。

我也喜歡跟山玩兒。山坐著不說話，我就悄悄飄過去，有時在山前，有時在山後，有時在山頂，有時在山腰，我最愛這樣，跟山玩著捉迷藏的遊戲。

累了，我就停下來休息。就像現在，我一動也不動的停在半空中。

「啾啾！」

「呱呱！」

鳥兒真是有禮貌，從我身旁飛過，都不忘跟我打招呼。

哦，我也該走了。親愛的朋友，下次回來，我再變魔術給你們看好了，變小狗、變大象都可以。

我是行道樹

你問我：手臂伸得長長的，不累嗎？

不累不累。因為我喜歡陽光，所以把手臂伸得長長的，伸向四面八方，捕捉那金黃耀眼的陽光。我的身體這麼強壯，不會累的。

你問我：每天這樣站著，快樂嗎？

當然快樂呀！馬路上，大車小車一輛接一輛；附近的樓房，一棟接一棟；天空的雲彩，一朵又一朵；還有那遠方的田野和池塘……每天，不同的鳥兒停在我身上，唱著好聽的歌；每天，許多人來到我的綠蔭下，不住的發出讚嘆：好涼爽喔！好涼爽喔……每天，看著美麗的風景，聽著美妙的聲音，怎麼不快樂呢？

我是行道樹。太陽照，雨水淋，我一天天長大、長高。沒有憂愁，沒有煩惱，我是快樂的行道樹。

在山谷中

我和舅舅來到山谷的時候，一隻一隻的小黃蝶，正從附近的樹林裡飛出來，淡黃的翅膀，一張一合，好像漫天灑下的花瓣，飛飛飛，飄飄飄，好不熱鬧。

舅舅告訴我，以前曾經有過幾萬隻蝴蝶，聚在這裡飛舞的紀錄，那是多麼壯觀的景象啊！

鳥兒的叫聲，此起彼落。老鷹盤旋空中，烏秋來回穿梭，還有許多不知名的小鳥兒，在枝椏間跳躍。我睜大眼睛，想找一找表姊信上說的八色鳥，可惜一直不見牠的蹤影。舅舅拍拍我的肩膀，笑著說：「別傻了！現在是秋天，八色鳥早已回南方去了！」

翠綠的山谷，是蝴蝶和鳥兒的樂園。牠們在這裡跳

舞，在這裡歌唱，多歡喜呀！

做泥粄

阿公載著剪子先走。阿婆帶我穿過樹林，走過彎彎的小路，到了茶園，阿公已經拿起剪子喀擦喀擦的剪，阿婆交給我一個小木碗，也剪茶去了。

我坐在樹下玩著小木碗。茶園的紅土，鬆鬆軟軟的，比沙粒細小，手裡捧著、捏著，也不沾手，我用小木碗盛滿紅土，稍稍壓實，倒過來一蓋，抓起木碗，底下就現出一個圓圓的好像「碗粿」的泥粄，真神奇呀！圓圓的，沒有一點缺角。我做了一個又一個的泥粄，擺滿了樹下，我一個一個數著，數來數去，怎麼都數不清。

接近中午的時候，阿公載著鼓鼓的茶袋去工廠賣。阿婆走過來一看，笑著問：

「喔！做這麼多粄仔，要給誰吃啊？」

「斑鳩、松鼠、蟋蟀，還有螞蟻……」

說著說著，覺得肚子餓了，我趕緊收起小木碗，跟著阿婆回家。

※阿婆：客家人對祖母的稱呼。

小船的夢

水池邊長了一叢颱風草。狹長的葉子，兩端翹起，兩側微微內捲，伸手摘下來，一

片葉子就是一艘小小的葉子船。

葉子船真好玩，載得動小石子、小花兒和彈珠呢！我站在池邊，小心翼翼的捧起船兒，輕輕放在水面上。大聲喊：「喔嗚——我的小船要過去喲！」

「載什麼來的？」

「麵包啊！糖果啊！珠寶啊……」

微風吹來，船兒慢慢移動了。岸上的同伴不停的招手，到了岸邊，同伴卸下「貨物」，再把船兒捧上岸來。

我們常常這樣輪著玩。

颱風草的葉子，像一艘艘美麗的小船，載著我們的夢，在小水池裡慢慢的航行……

作者小檔案

馮輝岳

一九四九年生，桃園龍潭橫崗背人。曾任國小教師、主任，二〇〇一年自教職退休以後專事寫作。近年創作以兒歌、兒童散文為主。作者在鄉下出生、長大，每天跟花草樹木、蟲魚鳥獸生活在一起，也為它們（牠們）寫下一首首的兒歌，和一篇篇的散文。著作有兒童散文集《阿公的八角風箏》、《發亮的小河》、《砍彩虹》、《看板高高掛》、《松鼠下山》等；兒歌集《早安！動物朋友》、《陀螺，轉轉轉》、《逗趣歌兒我會念》等。

繪者小檔案

曹俊彥

一九四一年生於臺北大稻埕。臺北師範藝術科畢業。曾任小學美術教師、廣告公司美術設計、教育廳兒童讀物編輯小組美術編輯、信誼基金出版社總編輯、童馨園出版社與何嘉仁文教出版社顧問、小學課本編輯委員、信誼幼兒文學獎等評審，以及《親親自然》雜誌企畫編輯顧問。插畫、漫畫及圖畫書作品散見各報章雜誌，近期著力於圖畫書之推廣，特別關心國人作品之推介。

國家圖書館出版品預行編目資料

石頭的笑臉／馮輝岳著；曹俊彥圖．--初版．--
臺北市：幼獅，2014.12
面；　公分. --（散文館；11）

ISBN 978-957-574-979-8（平裝）

859.7　　　　103022485

・散文館011・

石頭的笑臉

作　　者＝馮輝岳
繪　　者＝曹俊彥
出 版 者＝幼獅文化事業股份有限公司
發 行 人＝李鍾桂
總 經 理＝王華金
總 編 輯＝劉淑華
主　　編＝林泊瑜
編　　輯＝周雅娣
美術編輯＝李祥銘
總 公 司＝(10045)臺北市重慶南路1段66-1號3樓
電　　話＝(02)2311-2832
傳　　真＝(02)2311-5368
郵政劃撥＝00033368

門市
・松江展示中心：(10422)臺北市松江路219號
電話：(02)2502-5858轉734　傳真：(02)2503-6601
・苗栗育達店：36143苗栗縣造橋鄉談文村學府路168號（育達科技大學內）
電話：(037)652-191　傳真：(037)652-251

印　　刷＝祥新印刷股份有限公司
定　　價＝270元
港　　幣＝90元
初　　版＝2014.12
書　　號＝986263

幼獅樂讀網
http://www.youth.com.tw
e-mail:customer@youth.com.tw

行政院新聞局核准登記證局版臺業字第0143號

春